AVANT 1789

CAUSERIE

LECTURE FAITE A LA SÉANCE PUBLIQUE

DE LA SOCIÉTÉ DE STATISTIQUE, SCIENCES, LETTRES ET ARTS

DES DEUX-SÈVRES

LE 5 FÉVRIER 1885

PAR

LÉO DESAIVRE

SAINT-MAIXENT

IMPRIMERIE CH. REVERSÉ

1885

17R

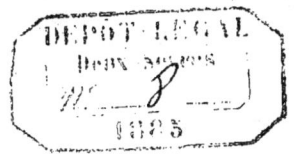
AVANT 1789

AVANT 1789

CAUSERIE

LECTURE FAITE A LA SÉANCE PUBLIQUE

DE LA SOCIÉTÉ DE STATISTIQUE, SCIENCES, LETTRES ET ARTS

DES DEUX-SÈVRES

LE 5 FÉVRIER 1885

PAR

LÉO DESAIVRE

SAINT-MAIXENT

IMPRIMERIE CH. REVERSÉ

1885

AVANT 1789

CAUSERIE

Notre regretté collègue Bardonnet, appelé à exposer dans son *Rapport au ministre* (1), le mouvement intellectuel à Niort au cours du dernier siècle, en arrive à cette conclusion : « Sous l'ancien régime, il n'y a rien » ; jugement beaucoup trop sévère d'un homme ordinairement bien informé, alors aigri par de longues souffrances et porté, dès lors, à de singulières exagérations.

Revenons à ces temps dédaignés, suivons nos devanciers au milieu du monde où ils ont vécu, étudions avec impartialité leurs écrits, rappelons les utiles établissements qu'ils ont fondés, et peut-être le XVIIIe siècle ne nous apparaîtra-t-il plus dans notre ville comme une époque désastreuse d'assoupissement des esprits et d'inaction générale.

S'agit-il des œuvres purement littéraires, on peut sans évoquer le souvenir de Françoise d'Aubigné (2) et de

(1) *Bull.* 7-9, 1882, p. 104.

(2) Née dans la prison de Niort, le 28 novembre 1635, et morte à Saint-Cyr, le 15 avril 1719.

madame de Caylus (1), mortes dès le commencement de cette période, ou même de l'avocat Jean Arnauldet (2), auteur du *Lodoïseos*, carmen en cinq chants, en l'honneur du grand roi, envoyé à l'Académie des sciences vers 1724, signaler l'avènement de toute une pléiade de poètes aimables au moment même où éclate la Révolution française.

Des deux Fontanes, l'un était déjà descendu dans la tombe (3), le futur grand maître de l'Université (4), après de brillants débuts dans le *Mercure* et dans l'*Almanach des Muses*, donnait, dès 1783, sa traduction en vers de l'*Essai sur l'homme* de Pope, ses *Vergers* en 1788, et faisait couronner par l'Académie française, l'année suivante, un autre poème sur l'*Edit en faveur des non catholiques*.

Vers le même temps, Piet-Berton Chambelle (5), plus tard rédacteur des *Affiches patriotiques*, rimait sur un

(1) Née à Niort, le 17 avril 1671, et morte en 1727.

(2) Avocat en parlement, né à Niort en 1654, mort à Saint-Maixent en 1726. Le carmen est accompagné de beaucoup de notes et a été dédié à Armand de Bourbon-Conti, gouverneur du Poitou. La bibliothèque publique de Niort en possède le manuscrit. Si l'on en croit M. Beauchet-Filleau, Jean Arnauldet aurait aussi laissé divers travaux sur la jurisprudence, appréciés en leur temps.

(3) Dominique Marcellin, frère aîné, né vers 1753, mort à Niort le 17 novembre 1772, membre de l'Académie de la Rochelle, reçut les encouragements de Voltaire et excella dans les poésies fugitives. Briquet père ne connaissait de lui que deux pièces imprimées, dont une cantate.

(4) Jean-Pierre-Louis, plus tard marquis de Fontanes, né à Niort, le 6 mars 1757, mort à Paris, le 17 mars 1821.

(5) Né à Niort, le 11 mars 1757, mort à Poitiers en 1819, fils de Jean-Antoine Piet-Berton, ancien échevin, mort le 25 mars 1784, et frère d'Antoine-Etienne Piet-Berton, maître particulier des eaux et forêts, conseiller du roi et lieutenant de maire en 1773 et en 1785, d'autre Piet-Berton, major au régiment de Blaisois-Infanterie, et de Piet-Berton de Lestrade, capitaine au régiment de Berry-Infanterie. (*Aff. du Poitou*, 1784, n° 18, p. 72.) Antoine-Etienne Piet-Berton, maître particulier des eaux et forêts, mourut en 1788 et eut pour successeur un autre frère, Noël-Etienne, major d'infanterie, chevalier de Saint-Louis, conseiller du roi, né en 1739. (Archives des Deux-Sèvres, B, 54.)

thème religieux : les *Sages du jour*. Dauphin (1), toujours laborieux et souvent mal inspiré, traduisait, avant Delille, l'*Enéide* en vers français, puis *Télémaque* en vers latins, célébrait la *Délivrance de Poitiers*, mêlait la prose et les vers dans son *Paradis réservé aux amours* et consacrait deux chants à la *Sèvre niortaise*.

N'oublions pas le curé Bion (2), savant prédicateur et poète heureux à ses heures, fondateur de notre première bibliothèque publique, installée sous ses yeux à l'hôtel de ville en 1771, avec les seuls livres qu'il avait donnés, et constamment accrue après lui par les soins de l'échevinage (3).

Grâce à la générosité du curé de Notre-Dame, Niort possédait une bibliothèque publique longtemps avant la capitale du Poitou. Ce fut aussi dans notre ville que fut créé par Pierre Elies, imprimeur-libraire, en 1775 (4), le premier *cabinet littéraire* de la province, pour la lecture des papiers publics et ouvrages périodiques de toute sorte, etc. Le jeu était sévèrement proscrit dans cet ancien cercle, établi sur le modèle de la *Chambre de lecture* de la Rochelle et qui paraît avoir été abondamment pourvu, si l'on en juge par le chiffre élevé de la cotisation.

Le collège subventionné par l'échevinage, fondé par les Oratoriens en 1716, peut être considéré comme le centre d'où rayonne le mouvement général des esprits, tous nos littérateurs sont leurs élèves, les savants Pères prêchent d'exemple, ils composent pour leurs distributions de prix, qui se renouvellent jusqu'à trois fois en l'année 1779 (5),

(1) Né à Niort vers 1759, et mort le 24 juillet 1822.

(2) Jean-de-Dieu-René Bion, né à Niort en 1704, et mort en 1774.

(3) *Les Oratoriens et les Capucins du port possédaient d'importantes* bibliothèques. Les Oratoriens communiquaient volontiers leurs livres.

(4) *Affiches du Poitou*, 1775, n° 52, p. 219; 1776, n° 2, p. 7. Le premier cabinet de lecture de Poitiers fut fondé par Chévrier, imprimeur-libraire, l'année suivante. La cotisation des membres du cabinet littéraire de Niort était d'environ dix écus.

(5) *Affiches du Poitou*, 1780, n° 3, p. 12. Ces distributions des prix furent tout d'abord bisannuelles, elles étaient déjà annuelles en 1778.

des chansons, des dialogues, des comédies et des tragédies, et vont même parfois chanter des couplets aux dîners de leurs amis.

Le nombre des pièces données dans la salle des actes du collège, de 1723 à 1755, n'est pas inférieur à dix-huit (1), presque toutes sont dues à des membres de l'Oratoire de Niort, il semble même qu'elles aient été quelquefois imprimées (2). Ces représentations continuent jusqu'en 1789 (3). On jouait même hors du temps des distributions de prix, c'est ainsi que l'on voit célébrer par des *pastorales* de circonstance la naissance du premier dauphin (1781) et la paix avec l'Angleterre (1783). Il n'y avait pas moins de cent quinze notables inscrits sur la liste de ceux qu'on invitait aux exercices en leur adressant des affiches imprimées sur *soie* avec un grand luxe typographique (4). Celle de 1738 est vraiment splendide, l'en-tête porte les armes de la ville au milieu d'un groupe allégorique du célèbre Mignard, l'encadrement du programme est emprunté à Boucher (5). On n'en faisait pas davantage pour les invités de l'Opéra ou de la Comédie-Française.

Les représentations inaugurées à l'Oratoire donnèrent à ce point le goût du théâtre, qu'on vit un maire, Rouget de Gourcez, construire dans son hôtel de la rue de la Juiverie, une salle de spectacle où les jeunes gens de la ville surent pendant de longues années se montrer dignes des applaudissements de leurs concitoyens (6).

On doit encore à l'Oratoire la fondation d'une *Académie littéraire* (en 1756), sur le modèle de celle du fameux

(1) Archives des Deux-Sèvres, D, 2.

(2) En 1754, la représentation fut donnée dans la salle du jeu de paume de la ville. Affiche sur *soie*, Bibliothèque de la Société de statistique des Deux-Sèvres.

(3) *Affiches du Poitou*; placards et livrets des exercices. Bibliothèques de Niort et de la Société de statistique.

(4) Archives des Deux-Sèvres, l. c.

(5) Bibliothèque de la Société de statistique.

(6) *Mém.* de la Société de statistique, 1re série, X, 67.

collège de Juilly ; le maire et les échevins « y applaudirent de grand cœur, jugeant avec raison qu'elle exercerait la plus heureuse influence sur le travail et le progrès des élèves en excitant leur émulation (1) ».

Les étrangers qui visitent alors notre ville témoignent tous en faveur des Niortais. Un grand poète, Jacques Delille, s'est plu dans leur société aimable et polie, nous en avons pour preuves ses longs séjours chez son ami M. de Montigny à l'occasion de ses voyages à l'abbaye de Saint-Séverin qu'il reçut le 22 avril 1781 (2). On montre encore à la Folie le cabinet ménagé au sein d'un if taillé où il composa le premier chant de son poème des *Jardins* (3), en face du riant coteau de Sainte-Pezenne (4). Non loin de là, à la Bigoterie, Jacques Yver avait jadis rêvé à *Fleur d'amour* et au noble château bâti par Mélusine, sur cette rive *heureuse* et verdoyante de la Sèvre qui devait bientôt inspirer Fontanes.

Avant Delille, un illustre proscrit subit le charme de l'hospitalité niortaise et en conserva un touchant souvenir.

Le conseiller Montaran de Monblin avait été envoyé en Poitou lorsque le chancelier Maupeou fit exiler le parlement (5). Déporté tout d'abord à l'île d'Yeu, puis transféré à Mortagne, il y perdit sa jeune femme. En 1773, Montaran arrivait enfin à Niort où il se trouvait encore le 12 novembre 1774, lorsque Louis XVI rappela le parlement. Le conseiller, reçu dans la maison de Savignac des Roches avec les égards dus à ses longues infortunes, devint en réalité l'hôte de la ville entière. Grâce à ce bienveillant accueil, sa santé ébranlée ne tarda pas à se remettre et ce ne fut pas sans de nouveaux déchirements

---

(1) J.-A. Bouteiller. *L'Oratoire et le Collège de Niort*, Versailles, 1865, p. 13.

(2) *Affiches du Poitou*, 1781, n° 59, p. 76.

(3) Publié en 1782.

(4) *Niortéides*, t. II, 235. Feuilleton du *Mémorial de l'Ouest*, du 19 octobre 1845.

(5) En 1771.

qu'il s'éloigna de « ceux qui l'avaient plaint et consolé au jour de sa détresse et qui honoraient ses vertus (1). »

Son départ donna lieu à une série de fêtes, son hôte Savignac des Roches, Rouget de Gourcez, maire et lieutenant criminel, Piet-Berton maître particulier de eaux et forêts (2) et avec eux l'élite de leurs concitoyens, voulurent réunir une dernière fois autour de l'exilé tous ceux dont il avait fait ses amis. On remarqua la réception donnée à l'hôtel des eaux et forêts, il y eut force ornements allégoriques et couplets de circonstance chantés par l'amphytrion, Chevas, supérieur de l'Oratoire, le conseiller Filleau et plusieurs autres.

Piet-Berton savait faire grand ; la fête qu'il donna le 11 juin 1776, anniversaire du couronnement, pour l'inauguration dans son parc de la Charrière d'une statue du roi Louis XVI faite à Paris par un sculpteur habile, est peut-être la plus belle dont nos ancêtres nous aient gardé le souvenir. On y vit figurer avec la milice bourgeoise, la *musique de la ville* et celle du régiment de Conti, il y eut des salves d'artillerie et de mousqueterie et l'accessoire obligé des illuminations, feux d'artifice, bals et divertissements champêtres. Des invitations avaient été lancées jusqu'à la Rochelle, les danses recommencèrent le lendemain et durèrent jusqu'à la fin du jour.

Une table de cent couverts, dressée sous un berceau de jasmins et de roses, est l'objet d'une longue description dans une chronique contemporaine. Au milieu s'élevait la statue de Minerve, « on voyait au-dessus du siège de chaque invitée une couronne accompagnée des emblèmes les plus ingénieux et du nom de la déesse à laquelle la dame faisait naturellement penser. »

Piet-Berton but à la santé de ses nobles hôtes et chanta son couplet. Les villageois n'étaient point oubliés. A leur banquet rustique, la *poule au pot*, disposée en hautes

(1) *Aff. du Poitou*, 1774, n° 51, p. 217.
(2) V. sur Piet-Berton la note de la p. 6.

pyramides, figurait à la place d'honneur et semblait réaliser la promesse du fondateur de la dynastie (1).

En 1779, le maître des eaux et forêts convie toute la ville à un bal donné à l'occasion de la naissance de Madame, fille du roi. Il y fait danser un ballet, comme toujours des couplets sont chantés et *sous la figure d'Apollon*, il prédit *lui-même* le prochain avènement d'un dauphin. Enfin lorsque cet espoir se réalise, deux ans plus tard, il y a encore chez Piet-Berton bal de jour et bal de nuit, souper, couplets et feux d'artifice (2).

Un événement tout scientifique fut l'objet d'une véritable fête publique le 16 décembre 1783. Les Oratoriens renouvelaient avec succès, sur l'une des promenades de la ville, les expériences faites à Versailles, en présence de la Cour, par les frères Montgolfier, le 27 août précédent. C'était le premier ballon lancé en Poitou, le spectacle parut fort attrayant, on pria les élèves du collège de se remettre à l'œuvre, ils s'y prêtèrent de bonne grâce et donnèrent le vol à trois nouvelles montgolfières dès le mois de février (3).

Vers le milieu du siècle, des relations s'étaient établies entre Jean Moriceau, premier échevin et notaire royal, et le célèbre Réaumur (4). C'est à cette époque que surgit l'idée d'une machine hydraulique élevant dans la ville les eaux de la fontaine du Vivier. On songeait surtout à l'extinction des incendies ; manquant de ressources, on alla au plus pressé et ce fut Réaumur qui engagea le corps de ville, par l'intermédiaire de son ami Moriceau, à s'adresser à Nicolas Thillaye, habile mécanicien de Rouen, pour la fourniture de nos deux premières pompes à incendie (5).

(1) *Aff. du Poitou*, 1776, n° 28, p. 109.

(2) *Aff. du Poitou*, 1782, n° 10, p. 38.

(3) *Aff. du Poitou*, 1784, n° 1, p. 3 ; n° 9, p. 34.

(4) Naturaliste et physicien, né à la Rochelle en 1683, mort en 1757, qui fit d'assez fréquents séjours à la terre patrimoniale du Bas-Poitou dont il portait le nom.

(5) Louis Duval. *Notes sur le physicien naturaliste Réaumur, etc...* *Bull.* de la Soc. des antiq. de l'O., 1869, p. 303.

La grande pompe coûta 1500 l., et la petite 500 l.

En 1740, il avait fallu refondre la vieille cloche du beffroi brisée en carillonnant (1) ; vers 1755 le *gros horloge* dut à son tour être renouvelé. Réaumur, toujours obligeant, *fit les plans et devis* et chargea Louis-Charles Gallonde, qu'on regardait comme l'horloger le plus capable de France, de l'exécution de la savante machine, encore en place à l'heure actuelle. Un pouvoir en règle avait été envoyé par l'échevinage à son illustre correspondant, l'horloge revint à 3,844 livres (2).

On sait que notre musée d'histoire naturelle a eu pour point de départ une collection conchyologique léguée par Gigaux de Grandpré et provenant de Suzanne Moriceau.

Serait-il téméraire d'admettre que son ancêtre Jean Moriceau, l'échevin de 1755, s'était aussi livré à l'étude de la nature ? On ne saurait du moins trouver une cause plus probable à ses relations restées inexpliquées avec le physicien naturaliste de la Rochelle.

Laissons là le livre d'or de la Société d'antan et portons maintenant nos regards vers un genre d'études plus particulièrement de notre domaine. Les *recherches historiques et statistiques* ne sauraient faire moins d'honneur à nos devanciers que leurs poèmes ou leurs petits vers et mériteraient d'être mieux connues.

S'il nous est impossible d'apprécier, en l'absence de de tout document, la valeur des renseignements fournis à Colbert de Croissy (3) et à Meaupeou d'Ableiges, en 1664 et en 1698, lors de la rédaction des deux premières statistiques de la Généralité de Poitiers, il faut signaler

(1) Etat de 1744.

(2) L. Duval, l. c.

(3) Ch. Colbert de Croissy avait épousé Marguerite Béraud, fille de Joachim Béraud, sgr de Croissy, grand audiencier de France, issu d'une famille *niortaise* alliée à celle de l'historien La Popelinière. Dugast-Matifeux, *Notice sur Colbert de Croissy* in *Etat du Poitou sous Louis XIV*.

dès 1675, le *thrésor des titres justificatifs des privilèges et immunités, droits et revenus de la ville de Nyort*, publié par Christophe Augier de la Terraudière, conseiller du roi, subdélégué de l'Intendant, maire et capitaine de 1673 à 1675 (1).

Cet inventaire des archives de la commune, accompagné de diverses listes des officiers municipaux, paraît, il est vrai, un peu trop dressé « à la mode du temps » comme le dit encore Bardonnet dans sa réédition de 1866 (2), mais il n'en offre pas moins une collection précieuse de documents et la tentative de 1675 se recommande d'autant plus à notre attention qu'à cette époque on n'en vit guère d'analogue en Poitou et même au-delà.

Emmanuel Augier de la Terraudière, curé de Notre-Dame (3), fils de l'auteur du *Thrésor*, a laissé un *Mémoire de ce qui s'est passé de plus remarquable de 1707 à 1712*. Il est curieux que ce soit le seul *Journal* écrit par un Niortais dont on ait gardé le souvenir. On ne sait pour quelle raison la publication n'en fut pas faite par l'un ou l'autre des Briquet qui l'ont successivement possédé, circonstance d'autant plus regrettable que ce document est peut-être aujourd'hui perdu.

Briquet père nous a conservé le jugement porté sur son père par le curé de Notre-Dame (4). On trouve encore dans son *Histoire de Niort* un curieux extrait de ce manuscrit relatif au cruel hiver de 1709 (5). M. de Lastic-Saint-Jal en a donné divers passages dans son *Histoire manuscrite de Notre-Dame de Niort* (6), mais malheureusement ils ne se rapportent qu'à la famille de l'auteur ou à son autobiographie.

Jean Arnault, curé de Saint-André et vicaire général,

---

(1) Né en 1638, mort en 1710. Briquet, *Hist. de Niort*. Biogr.
(2) Niort. Clouzot, in-8°.
(3) Né en 1663 et mort à Paris vers 1743. (M. l'abbé Largeault.)
(4) *Hist. de Niort*. Biogr., p. 15.
(5) *Ibidem*, t. I, p. 406.
(6) Bibl. de la Soc. de stat.

né à Niort vers 1708, est l'auteur de quelques notes manuscrites recueillies par Dom Fonteneau (1). Il y a consigné un fait trop glorieux pour être passé sous silence, le baptême dans son église, en 1704, de Jean-Jacques de Beausobre qui prit plus tard le titre de baron des Beault et de comte de Beausobre, fut créé marquis par Louis XV et mourut lieutenant général, après de glorieux services, en 1783 (2).

Arnault prononça l'oraison funèbre de Jérôme-Louis de Foudras de Courcenay, évêque de Poitiers, dans l'église cathédrale de cette ville, le 26 août 1749 (3).

Laurent Chebrou, conseiller et avocat du roi, maire en 1690, avait succédé dans les fonctions de subdélégué à Christophe Augier de la Terraudière, vers 1709 (4). C'est à lui (5) qu'est dû *l'Etat de l'Election de Niort en 1716* dressé conformément aux ordres de l'Intendant des Gallois de la Tour (6) et destiné sans doute à suppléer à l'insuffisance des statistiques antérieures. Il est probable que des *Etats* semblables furent alors demandés à tous les subdélégués de la Généralité ; quoiqu'il en soit le nôtre seul a été retrouvé.

Il a fourni plus tard au préfet Dupin presque tous les éléments de comparaison qu'il a pu utiliser dans ses divers travaux statistiques (7). La copie prise par Dom Fonteneau (8) restait inconnue ; celle qu'il consulta avait été rencontrée aux mains d'un épicier de Poitiers par

---

(1) T. LXXIX et LXXXII.

(2) A. Lièvre. *Hist. des prot.*, t. III, 26.

(3) Niort, Jacques Elies, 1750, in-8°.

(4) Laurent Chebrou fut subdélégué à Niort jusqu'en 1729, époque où il alla exercer le même emploi à Rennes, il y mourut en 1733, âgé de 73 ans. (B. Filleau.)

(5) V. le *Mémoire pour faire l'abrégé de l'histoire de Niort,* composé vers 1737 par le maire Pierre Thibault de Bouteville.

(6) Intendant du Poitou, de 1716 à 1728.

(7) Dupin, *Second mémoire sur la statistique du département des Deux-Sèvres,* Niort, Plisson, an X, p. 149.

(8) D. F. t. XXXVII.

Jouyneau-Desloges, elle existe encore aux archives des Deux-Sèvres (1).

L'Etat de 1716 que M. Ch. Dugast-Matifeux crut un instant perdu (2) avait été cité par M. Lièvre dans son *Histoire des Protestants* du Poitou (3). M. L. Favre en a donné deux extraits dans son *Histoire de Niort* (4). Il s'en faut de beaucoup, cependant, que ce document ait été complètement utilisé.

Personne n'a reproduit les statistiques si complètes et si intéressantes des diverses paroisses de l'Election.

(1) L'Etat de 1716 fut une véritable statistique officielle à laquelle ou se rapporta toujours jusqu'à la Révolution pour l'assiette des tailles. C'est ainsi que s'explique la multiplicité des copies qui nous sont parvenues et leur présence dans les papiers des officiers de l'Election.

Outre celles des archives des Deux-Sèvres et de la collection Dom Fonteneau, on n'en connait pas moins de cinq autres ne différant guère, que par des variantes dans le chiffre des impositions qui s'expliquent sans doute par le remplacement des impositions de 1716 par celles de l'année où la copie était faite.

La plus belle, magnifiquement calligraphiée et presque identique à celle de Dom Fonteneau, existe à la bibliothèque de Poitiers où elle porte le n° 63 du dernier classement. Elle est revêtue de *l'ex libris* de Jean-Félix Faulcon, imprimeur du roi, avec la date 1777.

La Société de statistique en possède une toute récente prise sur un manuscrit dont la trace est perdue, provenant de M. René Poudret de Sepvret, président de l'Election de Niort, du 2 avril 1752 jusqu'à l'époque de sa suppression et ayant appartenu dans ces derniers temps à feu M. Martin-Beaulieu.

Deux autres sont aux mains de nos collègues MM. Louis de la Rochebrochard et Thomas Arnauldet. A la fin de celui de M. Thomas Arnauldet est écrit : *Finis coronat opus. Ego benè valeo, Deo gratias.*

La copie de M. de la Rochebrochard est suivie de cette mention : Ce livre a été écrit par moi l'année 1733, *signé Jacques Pierre Fauldry.*

Enfin feu l'abbé Taury en avait trouvé une incomplète dans les papiers d'Alphonse-Jacques Pastour de Neuville, dernier receveur alternatif de l'Election.

(2) *Etat du Poitou sous Louis XIV*, note de la p. 415.

(3) T. ii, p. 251.

(4) Chapitre xxiv. L'un de ces extaits est relatif à l'ensemble de l'Election, l'autre traite du chef-lieu.

Outre les renseignements obligés (1), on en trouve de
fort curieux sur le caractère et les mœurs des habitants.

Voici ce qu'on lit à la paroisse de Chives (2) :

« Il se fait dans cette paroisse un commerce des plus
« illicites. La plupart des habitans, vers le mois de mars,
« après avoir taillé et labouré leurs vignes, vont, habillés
« en pèlerins, débiter aux gens simples des provinces de
« Périgord, Limousin, la Marche et le Bourbonnois, des
« petites images et des médailles qu'ils disent avoir ap-
« portées de Rome ou de Notre-Dame-de-Lorette, aux-
« quelles le pape a attaché des indulgences pour délivrer
« des âmes du purgatoire ou pour aller droit en paradis
« en sortant de cette vie, et pour donner plus de poids à
« leurs paroles ils représentent de fausses bulles. »

« De ce mauvais négoce, ils tirent de l'argent pour
« payer leurs tailles. Mgr de Poitiers (3) a donné inutile-
« ment tous ses soins pour détruire ce commerce scanda-
« leux ; l'année dernière, le sr Chebrou, advocat du roi de
« Niort, s'y transporta par ses ordres. Il n'eut d'autres
« raisons de ces malheureux que celles qu'ils ne sauraient
« payer la taille qui est due au roi sans ces voyages. Il
« fit mettre l'un des principaux chefs en prison, il y resta
« trois semaines. Dès le jour même de son élargissement,
« il prit l'habit de pénitent et fut faire sa tournée (4). »

L'*Etat de situation de 1728* (5) nous renseigne sur les
affaires de la R. P. R., sur les démêlés de l'échevinage
avec les receveurs des tailles, sur l'administration toujours
blâmable des Aumôneries, sur la levée de la milice de
nouvelle création (6).....

(1) Population, nature et culture du sol, commerce et industrie, nombre
de feux perdus depuis la révocation de l'édit de Nantes, impôts, châteaux,
établissements religieux, ruisseaux et rivières, bois et forêts, etc., etc.

(2) Aujourd'hui département de la Charente.

(3) Mgr de la Poype.

(4) L'Etat de 1744 signale encore le même abus.

(5) Etat de la situation présente de l'Election de Niort (1728). Arch.
de la Vienne, C.

(6) Edit du 25 février 1726.

Une pépinière avait été plantée près de la ville en 1723, on y voyait des mûriers blancs, des noyers et des frênes, les châtaigniers n'avaient pas réussi.

Le château continuait à recevoir des prisonniers d'Etat (1).

Les *mémoires et observations générales sur l'Election de Niort* de 1729 portent les signatures de Forien le jeune, receveur ancien, et de Moïse J.-B. Bouchet, receveur alternatif (2). On y trouve la première statistique des manufactures et des foires et marchés. L'essai dans l'Election de Niort d'un nouveau système d'imposition d'après les idées de Vauban, modifiées au profit des privilégiés et décoré malgré tout du nom de *dîme royale*, y avait singulièrement élevé le taux de la taille au profit des autres circonscriptions de la Généralité, mais, grâce au tarif qui leur avait été concédé en 1718, les habitants du chef-lieu n'étaient plus taxés par les gens du roi et le montant de la taille imposée se prélevait sur les entrées.

Entraîné par l'exemple de Lamoignon de Basville dans le Languedoc (3), l'intendant Le Nain (4) songea en 1737, à doter le Poitou de statistiques beaucoup plus étendues où « les éclaircissements historiques » ne fussent plus négligés. Grâce aux excellents travaux de MM. Dugast-Matifeux (5) et Alfred Richard (6), on sait à peu près quels furent les résultats de cette curieuse tentative. Niort

(1) Ce mémoire traite trop librement des receveurs des tailles pour qu'on puisse leur attribuer. Nous croyons qu'il est encore l'œuvre du sub-délégué L. Chebrou.

(2) Archives de la Vienne, C.

(3) Basville avait été lui-même intendant du Poitou de 1682 à 1685.

(4) Neveu de Le Nain de Tillemont. (V. Th. de Bouteville, *Abrégé de l'hist. de Niort*.) M. Dugast-Matifeux avait prévu cette parenté. (*Hist. gén. et part. du Poitou suscitée par l'intendant Le Nain* (de 1742 à 1743) in *Rev. des Prov. de l'O*. VI (1858), p. 416, et *Gazette vendéenne*, Fontenay, Caurit, septembre 1865.

(5) *Hist. gén. et part. du Poitou suscitée par l'Intendant Le Nain.*

(6) *Mém. stat. sur l'Election de Saint-Maixent* in *Mém. de la Soc. de stat. 2e série, XIII.*

eut un abrégé de son histoire tout aussi bien que Saint-Maixent, Montaigu et Châtellerault (1) et ce fut encore l'un de ses maires qui s'en chargea, mais tandis que la plupart de ces travaux sont depuis longtemps publiés, personne jusqu'ici ne semble avoir songé à faire connaître le *Mémoire pour servir à faire l'abrégé de l'histoire de Niort (2).*

Et pourtant l'œuvre de Pierre Thibault de Bouteville (3), était digne de quelque attention. Pour répondre aux vues de l'intendant, il avait consulté les historiens catholiques et protestants et même le *Gallia Christiana,* mis en œuvre des renseignements fournis jadis par le subdélégué Laurent Chebrou, mort depuis 1733, et recueilli beaucoup d'informations dont la source est perdue.

Si l'érudition du maire laisse à désirer jusqu'aux temps qui suivirent les guerres de religion, on lui doit à partir de cette époque des indications précieuses. Son *mémoire* nous fait connaître les glorieuses campagnes du Royal-Niort, créé par Louis XIII à l'occasion du siège de Saint-Jean-d'Angély, en 1621. Thibault de Bouteville n'est pas moins heureux de rappeler que trois hôpitaux ont été successivement fondés au cours du siècle précédent (4), et qu'il n'y a pas de ville dans le royaume « où l'hospitalité soit mieux gardée. » Le florissant collège des Oratoriens ne pouvait être oublié, encore moins les vastes casernes dont il avait lui-même entrepris et presque achevé la construction.

Nous sommes arrivés à la pièce la plus importante de cette longue série. Le plan de Le Nain ne comprenait pas

---

(1) L'avocat Bourgeois fit même un *Abrégé de l'histoire du Poitou* resté manuscrit. Bibl. de Poitiers, collection Dom Fonteneau.

(2) Archives de la Vienne, C.

(3) Maire de 1729 à 1744, avocat au parlement, conseiller du roi, juge magistrat au siège royal de Niort, ancien receveur alternatif des tailles de l'Election. Bouteville est une maison du xve siècle, située à l'issue du bourg de Saint-Maxire sur le chemin de Villiers.

(4) Charitains, 1622 ; Hospitalières, 1656 ; Hôpital général, 1665.

seulement l'histoire de la province et de ses principales villes, l'intendant avait aussi voulu faire dresser de nouveaux *Etats* dans chaque Election. On s'assura, dans toutes les paroisses, le concours des mieux informés et les notables habitants durent attester la véracité des renseignements transmis aux receveurs des tailles et au subdélégué pour la rédaction définitive du travail d'ensemble (1).

Le Nain avait été remplacé par l'intendant Berryer (2), lorsque Jean-Victor-Madeleine Chebrou qui avait lui-même succédé à son père (3), comme subdélégué de l'Election de Niort, en 1729, put remettre son *Etat sur l'Election de Niort,* achevé seulement en 1744, après sept années de recherches.

J.-V.-M. Chebrou, sgr du Petit Château (4), et désigné le plus souvent sous le nom de cette terre, fut conseiller du roi, lieutenant général de police et maire en 1726. C'était, nous dit Briquet père (5) « un homme profondément savant » et l'*Etat* de 1744 n'est point fait pour démentir cette assertion. Les notes historiques sur la ville de Niort qu'il y a jointes ont une tout autre valeur que l'abrégé de son contemporain Thibault de Bouteville, et Chebrou mérite bien mieux que lui l'honneur d'être considéré comme notre premier historien.

Une seule autre Election, celle de Saint-Maixent, possède un *Etat* dressé à la même époque. Il existe une copie du nôtre dans la collection Dom Fonteneau (6), les archi-

(1) Lettre de l'intendant aux subdélégués et aux receveurs des tailles, 1737. Alfred Richard, l. c., p. 144.

(2) En 1743.

(3) Laurent Chebrou passé à Rennes en 1729.

(4) Paroisse de Béceleuf.

(5) Biographies p. 76. M. du Petit Château, mort en 1768, fut père (entres autres) de Laurent-Marie Chebrou, docteur en Sorbonne, auteur d'œuvres théologiques, et de J.-J.-Madeleine Chebrou, conseiller du roi, président au siège royal de Niort, et lieutenant général d'épée.

(6) T. xxxvii, à la suite de l'Etat de 1716, et non t. lxix, comme je l'ai dit par erreur, *Bull.* de la Société de statistique, 10-12, 1881, p. 613.

ves des Deux-Sèvres en possèdent la minute originale (1), bien que l'inventaire imprimé soit silencienx à son sujet aussi bien que sur l'*Etat* de 1716.

Six extraits de l'*Etat* de 1744 ont paru au *Journal du département des Deux-Sèvres* (2). Si l'on en croit le docteur J.-L.-M. Guillemeau auquel ils sont dus, ce mémoire aurait été communiqué au préfet Dupin par Dom Mazet. Il paraît bien peu probable cependant qu'il en ait été ainsi car Dupin n'a eu aucun recensement de 1716 à 1770 et cite uniquement l'Etat de 1716. Il doit donc y avoir confusion.

M. Ap. Briquet ne paraît avoir connu que les extraits du *Journal des Deux-Sèvres ;* on ne comprendrait point autrement qu'il eût pu dater, même approximativement, de 1730, un *Etat* qui donne l'imposition de 1744 (3).

Dans l'impossibilité où nous sommes de nous étendre plus longuement sur le *Mémoire* de J.-V.-M. Chebrou, signalons en passant ce qu'il dit de l'aptitude des Niortais à l'état militaire :

(1) In-f° relié en veau. On lit sur le verso de la couverture la signature de M. A.-F. Lièvre. Ce manuscrit porte *l'ex-libris* de Félix Faulcon, imprimeur du roi, qui paraît avoir collectionné ces documents, car on le retrouve, comme nous l'avons dit, sur un exemplaire de l'*Etat de 1716*, à la bibliothèque de Poitiers.

(2) An XI, n°s 58, 60, 61, 62, 63, 64. L'*Etat* de 1744 auquel ils appartiennent très certainement est à tort ainsi désigné : *Mémoire pour l'histoire de la ville de Niort.*

(3) *Mémoires* de la Société de statistique, 1re série, t. viii (1843-44), 223-238. Outre diverses hypothèses sur le sens du nom actuel de la ville, M. A. Briquet y trouve la mention hasardée d'une désignation première qu'il corrobore assez malencontreusement par l'interprétation fantaisiste d'une épitaphe latine de Châtellerault qu'il eût pu trouver plus sagement traduite dans les *Affiches du Poitou* (1777, n° 7, p. 26).

C'est aussi dans l'*Etat* de 1744 qu'il est parlé pour la première fois d'un ancien port là où se trouvaient autrefois les halles, mais personne n'avait eu, avant lui, l'idée de repousser jusqu'à la Brèche la position du port primitif. Depuis 1843, ce document est resté à peu près inutilisé. (V. *Bulletin* de la Société de statistique, 4-6, 1881, p. 482 : 10-12, 1883, p. 414 (siège de Niort de 1569) ; journal la *Revue de l'Ouest*, 2 décembre 1884. (Décadence du commerce des perruques à Niort au xviiie siècle.)

« Les hommes ont été plus propres à la guerre qu'aux
« sciences et plus portés à bien faire qu'à écrire des
« fastes... Dans le dernier siècle seulement on compte un
« Maison-Blanche Assailly, parvenu sans protection et
« par son propre courage à la qualité de lieutenant-général
« des armées du roi, gouverneur de Chivas (1) et de la
« Rochelle, mort de ses blessures à Bourbon; un Saint-
« Rhue, lieutenant-général, tué en Irlande, au passage de
« la Bouaure (2), les Villette, les Mursay, un Roy, fils
« d'un porte sel, qui conduisit la prise de Valenciennes
« et qui eût fait un grand chemin s'il n'eût pas été tué.
« Rien de plus commun à Niort que des artisans qui se
« sont procuré des retraites honorables par l'état mili-
« taire. Il y avait en dernier lieu quinze officiers de Niort
« renfermés dans la seule ville de Prague, il est bien peu
« de villes qui eussent pu en compter autant. »

Il faut dire encore à la louange des Oratoriens qu'ils
surent encourager les brillantes dispositions de la jeunesse
niortaise. Au milieu du dernier siècle, leurs élèves fai-
saient des promenades militaires et manœuvraient comme
nos modernes lycéens (3). Ce n'est pas non plus sans éton-
nement que nous trouvons au programme des exercices
publics de 1782, un véritable abrégé de l'art de fortifier
les places de guerre (4).

Il ne nous reste plus à mentionner qu'un *État* de Niort
dressé de 1760 à 1780, recueilli par Dom Fonteneau et

(1) Chivasso (ancienne Sardaigne), ville autrefois fortifiée sur le Pô, à
23 kil. nord-est de Turin.

(2) Saint-Rhue, fief, paroisse de Saint-Médard, élection de Saint-Maixent,
aux Chalmot, de l'échevinage de Niort. Chalmot de Saint-Rhue, lieutenant-
général des armées du roi, fut tué en 1690, au passage de la *Boyne*.
(Alfred Richard, *Mémoire statistique sur l'élection de Saint-Maixent* in
Mémoires de la Société de statistique, 2e série, XIII, p. 95.) C'était sans
doute lui qui commandait en chef à la Rochelle, au mois de juin 1689, en
l'absence du comte de Matignon. (Arcère, II, 573.)

(3) *Mémoires* de la Société de statistique, 1re série, X, 125.

(4) Bibliothèque publique de Niort.

publié par M. L. Favre (1). Après la perte du Canada, le commerce décline de jour en jour. Pierre-Marcellin de Fontanes, inspecteur des manufactures du Poitou et de l'Aunis, en résidence à Niort, meurt en 1774 (2), et son successeur, M. Vaugelade, va habiter la capitale de la province. Notre ville n'a plus qu'un simple élève (3), le futur grand maître de l'Université, fils du dernier inspecteur. Fontanes père avait poursuivi la suppression du tarif accueilli avec tant de faveur en 1718, il croyait facile, en diminuant les entrées, de créer un commerce d'entrepôt pour l'exportation et de ramener ainsi la prospérité perdue (4). Un peu plus tard, l'échevinage s'efforçait vainement d'obtenir l'un des ports francs promis par le roi aux États-Unis d'Amérique (5).

En 1773, l'avocat Jouyneau-Desloges fondait à Poitiers le premier journal de la province. Les collaborateurs niortais des *Affiches du Poitou* semblent avoir été assez nombreux, mais presque tous gardèrent l'anonyme, et c'est à peine si nous pouvons désigner sûrement Bion et Goizet, curés de Notre-Dame, le docteur J.-J.-D. Guillemeau et Briquet.

Bien d'autres de nos compatriotes pourraient être cités pendant la période que nous avons parcourue (6). Notre

(1) *Histoire de Niort*, p. 444.

(2) A Nantes, au mois d'octobre. *Affiches du Poitou*, 1774, n° 43.

(3) C'était le titre donné aux sous-inspecteurs.

(4) P.-M. Fontanes tenta avec succès la mise en culture des lais de mer et la fabrication de la soude sur les côtes de la province. On lui doit encore la création d'une pépinière de garance à Saint-Gilles, en Bas-Poitou. (*Affiches du Poitou*, 1784, n° 2, p. 8.) Fontanes fut membre de la Société royale d'agriculture et de littérature de la Rochelle, et l'un des correspondants des *Ephémérides du citoyen*, journal dont Voltaire parle avec éloge. (Briquet, biographies.)

(5) Archives des Deux-Sèvres, C 7.

(6) Isaac de Beausobre, né à Niort en 1659, ministre protestant aussi renommé par son éloquence que par ses travaux théologiques et historiques, « la meilleure plume de Berlin », au dire du grand Frédéric, mourut en 1738 au milieu des exilés français groupés autour de la reine *Sophie Doro-*

ville eut alors une foule de chirurgiens et de médecins habiles et instruits, de savants théologiens, controversistes ou prédicateurs, mais il est temps de terminer cette causerie, et peut-être en avons-nous assez dit pour montrer que, cette fois, notre pauvre ami Bardonnet s'est trompé et qu'il y eut bien *quelque chose* à Niort au XVIIIe siècle.

thée, petite-fille d'*Eléonore d'Olbreuse,* cette autre illustre parvenue qui, plus favorisée encore que sa compatriote, madame de Maintenon, put faire souche de princes et légua des couronnes à sa postérité.

Extrait des *Mémoires de la Société de statistique, sciences, lettres et arts des Deux-Sèvres.*

Saint-Maixent. — Impr. REVERSÉ.

www.ingramcontent.com/pod-product-compliance
Lightning Source LLC
Chambersburg PA
CBHW061628180626
46818CB00005B/2291